AF250704

ÉPITRE BADINE

SUR LA PHARMACIE

ÉPITRE BADINE

SUR LA

PHARMACIE

Par A. LECONTE

PHARMACIEN DE L'ÉCOLE DE PARIS.

Cette épître est destinée à être lue dans une réunion de Pharmaciens.

PARIS

LIBRAIRIE MÉDICALE GERMER BAILLIÈRE

Rue de l'École-de-Médecine, 17.

Londres | **New-York**

Hipp. Baillière, 219, Regent street. | Baillière brothers, 440, Broadway.

MADRID, CH. BAILLY-BAILLIÈRE, PLAZA DEL PRINCIPE ALFONSO, 16.

1865.

à **M. A. C..,**

Professeur à l'Ecole de Pharmacie.

ÉPITRE BADINE

SUR LA PHARMACIE.

—◁◇▷—

Après les travaux sérieux,
N'est-il pas doux et précieux
De lâcher la bride à la joie ?
Allons, Momus, allons déploie
Tes chansons et tes gais propos :
Laissons la raison en repos.
Riez, messieurs, rions ; en somme,
« Le rire est le propre de l'homme, »
Je l'ai lu dans Alcofribas (a),
Ce grand rieur ne mentait pas.
Toi, Rabelais, dont le génie
Perce sous la plaisanterie,

Sois mon Phœbus, soutiens ma voix,
Rends-moi moins mordant que grivois ;
Je veux chanter la Pharmacie ;
Je veux chanter sa poésie.

Oui, messieurs, je maintiens le mot,
Je le prouve ou je suis un sot.
Les fictions mythologiques,
Qui les traite de prosaïques ?
Qui ne reçonnaît les beautés
Des grands poètes tant vantés !
Les Dieux... Faut-il donc que l'on grimpe
Pour les retrouver dans l'Olympe ?
Eh ! non, messieurs, point n'est besoin
D'aller chercher ces Dieux si loin.
Nous vivons en leur compagnie ;
Ils sont restés dans la chimie,
Et la chimie a dans notre art,
Sans mentir, la plus large part.

Alors vous devez me comprendre,
Ou bien veuillez encore entendre.
Quoi ! ne voyez-vous pas déjà
Que nous irions bien au-delà
Des Métamorphoses d'Ovide
Ou des récits de l'Enéide !
Jadis il fallut des Titans
Les bras et les efforts puissants

Pour détrôner le vieux Saturne.
Ce vieillard au front taciturne,
Qui sans pitié se signala
Par les pierres qu'il avala,
Nous le gâchons mieux que du plâtre,
Nous mettons Saturne en emplâtre (b),
Et, sans commettre de forfait,
Nous filtrons Saturne en extrait.
Qu'il soit massicot ou céruse,
Partout en peinture on en use ;
Par Saturne abrité, le fer
Résiste au temps et brave l'air.
Saturne est fort bon pour la rate :
Qui rate a, rit ; le rire date
Chez nos ancêtres les Gaulois ;
Saturnez-vous, esprits sournois.

Jupiter à qui la naissance
Donna surtout droit et puissance,
N'est plus ce Dieu grand et hautain ;
Pour nous Jupiter c'est l'étain
Vanté jadis pour la matrice ;
Vertu sans doute accusatrice
Des amours de ce Dieu paillard.
Jupin fut mis en bézoard (c).
Que dit dame Junon, la fière,
De cette vertu singulière

Que l'on prêtait à son mari ?
Son orgueil en fut-il marri ?
Nul ne le sait. En médecine
Elle était bien Junon Lucine !
Je voudrais, sans être dévot,
Qu'on lui vouât le seigle ergot.
Epoux, maîtres de la nature,
Vous séparer serait injure ;
Puisque vous avez même but
Ayez aussi même attribut.
On fit pourtant par déférence
Pour Jupin une préférence,
On le vanta pour les poumons :
Avis aux diseurs de sermons.

Dût le Dieu me garder rancune,
Je parlerai peu de Neptune ;
On l'a toujours au robinet,
Pour nous Neptune est un sujet
Complaisant, coulant, c'est la source
Où d'aucuns grossissent leur bourse.
Mais chut !... qu'hydrolat, qu'alambic
Restent arcanes au public.
Respectons l'humaine faiblesse ;
Nous-mêmes, quand le mal nous presse,
A nos drogues avons recours,
Et nous y trouvons du secours.

Messieurs, je parle ici sans rire,
Avec moi je vous entends dire :
« Sot, qui dénigre son métier
« Ou tire sur son colombier. »

Suivez une autre fantaisie,
Vous vous rappelez bien Sosie,
Ce pauvre diable sans vertu,
Jadis si drôlement battu,
Quand Jupiter trompait sans peine
Junon, Amphytrion, Alcmène,
Tous à la fois. Par le pilon,
Sosie est vengé du bâton :
Nous avons tous, je me figure,
Pour l'éteindre battu Mercure ;
Mercure éteint, qu'obtenons-nous ?
L'onguent gris ?— Point. Dans le saindoux
Bien grassement le Dieu sommeille,
Pour vous guérir il se réveille,
Vous tous, ô tristes vérolés,
Vous que Vénus a racolés.
Ce Dieu puissant qui vous récure
N'a rien perdu de sa nature
C'est le Dieu des voleurs. Eh bien !
D'un trésor il ne laisse rien ;
De l'or, de l'argent, il s'empare
Plus avidement qu'un avare.

Mercure fait faire des vers (d),
Mercure a cent emplois divers.
C'est vermillon, c'est bi-oxide,
C'est calomel, nitrate acide ;
Il est doux, il est corrosif,
Chez nous ce Dieu n'est pas oisif ;
Enfin c'est un Dieu qui remue,
Qui vous guérit ou qui vous tue.

Ecoute, ô Phœbus Apollon,
Je ne suis pas homme félon ;
Pose tes flèches, prends ta lyre (e),
Je t'aime et surtout je désire
Ne pas me brouiller avec toi.
De tes goûts je me suis fait loi
Et plaisir. Les arts, la musique,
Sont doux trésors dont je me pique ;
J'en suis fidèle admirateur.
Chez nous ton rôle est peu flatteur :
C'est toi qui dores la pilule
(Non pas qu'en nos mains l'or pullule,
Trop rarement les pharmaciens
Ont des trésors ou de grands biens ;
Notre rôle est rôle modeste,
Parfois pourtant on nous moleste).
Apollon, c'est un feuillet d'or !
Ainsi voilà donc le trésor
D'éloquence et de poésie,

Voilà donc le Dieu du génie
Empâté sur un pilulier !
N'est-ce pas là t'humilier !
Pardonne à ma main sacrilége
D'avoir parfois ce privilége.
Ah ! ne me mets pas à l'index,
Quand j'obéis à mon codex.
Au moins plus sages que nos pères,
Nous ne mêlons plus de vipères
Avec l'or, pour des animaux
Chargés de soulager nos maux (f).
Pauvre or, pour le cœur on te vante,
Mais par malheur on te brocante
Comme une valeur de tripot.
Ah ! que de gens ont un lingot
Au lieu de cœur dans la poitrine !
L'amour de l'or c'est la doctrine
Dont on… Bon Dieu ! je m'aperçois
Que tu devrais être aux abois.
Je viens par grande inadvertance
De te placer en la présence
De Mercure ton ennemi (g) ;
Ce diable-dieu mal endormi,
Sans le cristal qui vous sépare,
Te volerait sans crier gare !
Allons reprenez vos rayons
Et restez coi dans vos flacons.

Mais nous, messieurs, chantons victoire,
Nous nous sommes couverts de gloire.
Notre art vaincra de toutes parts :
Un gaz triomphe du Dieu Mars,
Mars est réduit par l'hydrogène !
Voilà des pharmaciens sans gêne,
Plus forts que le Dieu des combats !
Mars, pour mieux prendre ses ébats,
Mars se prête à sa déchéance,
Il est plus rusé qu'on ne pense :
Vous vous souvenez de Vulcain
Qui fut assez sot et vilain
Pour faire éclat du cocuage
Dont son épouse au cœur volage
Chargea son rude et triste front.
Je vois d'abord dans cet affront
Vengeance du Dieu qu'on martèle,
Que Vulcain bat ou qu'il morcèle.
Faisons, se dit Mars, bien pour mal,
Soyons galant s'il est brutal.
Il fait l'œil à Vénus la blonde
Qui gaillardement le seconde ;
Vous en savez la fin... Trrroupiers,
Que votre lustre et vos lauriers
Vous rendent les belles faciles !
Que le clinquant les rend dociles !
Je vois de plus que le Dieu Mars
Pour les beautés est plein d'égards.

Il est médecine aux fillettes
Lorsque l'âge les rend pâlettes ;
Il chasse leurs tristes langueurs
En leur redonnant des couleurs.
Et, pour les pénétrer, son zèle
Se prête à tout quand on l'appelle.
Mars et Courtois se sont unis (h),
Et chaque jour ces deux amis,
Sous le nom ferro-iodure
Donnent l'éclat à la figure
Des beautés virant au citron.
Blaud et Vallet à leur patron
Avaient déjà donné des formes
Qu'on garde malgré les réformes,
Car la science en ses progrès
Détruit les plus heureux succès.
Jamais chez nous Mars n'épouvante ,
Sous mille aspects il se présente,
Apportant souvent guérison ;
Il est même un contre-poison (i).
On le disait bon pour le foie ;
Pour le sang surtout on l'emploie,
Il lui redonne la vigueur ;
Oui, Mars est un Dieu bienfaiteur.
Quelle est la plante imaginaire
Que tu reconnaîtrais pour père ?
Le sais-tu, Mars ? Et toi, Junon,
Sais-tu comment en ton giron

Put s'opérer cette merveille ?
C'était une herbe non pareille,
Ne la reverrons–nous jamais ?
Qu'elle devait avoir d'attraits (j) !
Peut–être , avec l'aide de Flore ,
La pourrions–nous trouver encore.
Si vous la voyez , par hasard,
Messieurs, veuillez m'en faire part,
Elle vaudrait tout un poème.

Que vois-je, ô Dieux ! à l'instant même ?
La reine des amours, Cypris,
Dont le cœur est encore épris
Des attraits de Mars, et sa flamme
S'est traduite sur une lame ,
Sabre par hasard égaré
Dans un bain sulfato-cuivré :
Voilà la galvanoplastie ,
Et qu'à-présent l'on nous défie
D'expliquer ce qui vient au jour !
Ainsi cet art n'est que l'amour
Qu'entre eux sentent Dieux et Déesses,
Cet art est né de leurs caresses.
Caresser, que ce mot est doux,
Qu'il est doux arrivant de vous ;
Alma Venus, dirait Lucrèce,
Comme on vous aimait dans la Grèce,

Comme on vous aime ici. Vénus,
Que n'ai-je ainsi qu'avait Janus
Pour te voir une double vue ;
A ton aspect l'âme est émue,
Auprès de tes divins appas,
Que sont donc tous les falbalas
Des porteuses de crinolines ;
Allez, sur les maigres échines
Etalez-vous, appas d'emprunt,
L'amour languit, il est défunt,
Lorsque le sot orgueil s'empare
Des corps que la vanité pare.
Nos anciens vantaient pour les reins
Vénus Cypris. En leurs desseins
Songeaient-ils à la paillardise ?
Je le crois, et c'était sottise.
Sel de cuivre est toujours mordant,
Semblable au produit de l'argent.

Mais l'argent c'est Phœbé la pâle,
Phœbé dont les rayons d'opale,
Reflets de Phœbus radieux,
De leurs tons doux charment les yeux ;
C'est encore la sombre Hécate,
Pierre infernale, ou le nitrate,
Cher aux fabricants de portraits
Qui par l'argent gravent nos traits.
C'est Diane la chasseresse ;

On sait que la chaste déesse
Fuyait le regard des humains ;
Grâce à ses ordres souverains,
Pauvre Actéon, tu devins bête ;
On te vit pousser sur la tête
Des cornes à triple rameau :
Depuis ce temps, pour le cerveau
L'argent figure aux formulaires,
Et ses effets sont salutaires.

Que vous dirais-je de Vesta ?
Sous ce nom Cybèle resta
Avec les dieux dans l'Empyrée.
Qu'on l'appelle Cybèle ou Rhée,
Elle peut briller en tout lieu,
Elle est la déesse du feu ;
C'est elle bien sûr qui réside
Dans le garou, la cantharide,
Elle dont les feux dévorants
Au pleurétique ouvrent les flancs.
Vestales avaient pour rosaire
Chapelets de pois à cautère,
Je crois, je ne l'affirme pas,
Mais, au moins, c'était bien le cas.
Peut-être que des antiquaires,
En fouillant les vieux reliquaires,
Nous éclaireront sur ce point :
La science aujourd'hui va loin !

Qu'elle vienne donc à mon aide,
Un hiéroglyphe m'obsède :
$C^{12}H^9O^9$. HO (k).
Inspire-moi donc, ô Clio !
Béta ! je n'y prenais pas garde,
C'est Cérès que cela regarde,
Je suis tombé sur l'amidon.

Messieurs, n'avais-je pas raison
De vous vanter la poésie
Qu'on trouve dans la pharmacie ?
Encor, ne suis-je qu'au début.
Avez-vous ri ? J'atteins mon but.
Mais, j'y pense, il reste en réserve
Le plus sage des dieux, Minerve ;
Est-il permis de l'oublier,
Toi qu'on ne saurait trop prier !
O ! déesse de la sagesse,
Sans toi point de douce allégresse,
Il n'est pas sans toi de bonheur ;
Accorde à nous tous ta faveur,
Afin qu'étant joyeux compères,
Nous vivions en heureux confrères.
Unissez vos souhaits aux miens,
Et chantons : Gloire aux pharmaciens !

NOTES.

(*a*) Anagramme de Rabelais.

(*b*) La base de l'emplâtre simple qui sert à en faire beaucoup d'autres est un sel de plomb.

(*c*) Le bézoard jovial existe dans les formulaires.

(*d,* Le mercure doux est un excellent vermifuge. Les sels de ce métal sont des plus précieux en médecine.

(*e*) Dans la mythologie, quand on représentait Apollon en colère, on l'armait d'un arc et de flèches. Quand on le représentait bienveillant, il avait sa lyre.

(*f*) Formule usitée autrefois. On nourrissait les animaux, des chapons particulièrement, avec une pâtée faite d'or et de chair de vipères, et l'on en donnait la chair aux malades. (Voir la Pharmacopée de Charas, art. Mithridate de Damocratès, p. 228, édit. de 1704, et Lémery, art. or, p. 87, édit. de 1713).

(*g*) Mercure et Apollon avaient souvent des démêlés ensemble.

(*h*) Courtois a découvert l'iode. Ce métalloïde joue un grand rôle en médecine, surtout combiné au fer et au potassium.

(*i*) Aucun des sels de fer n'est dangereux ; l'hydrate de peroxide de fer est l'antidote de l'acide arsénieux, de même que le persulfure de fer hydraté.

(*j*) Voir la naissance de Mars dans la mythologie.

(*k*) Formule chimique de l'amidon.

Imp. de P. Cotard, à Issoudun.

www.ingramcontent.com/pod-product-compliance
Lightning Source LLC
Chambersburg PA
CBHW062323070726
47596CB00009B/2708